TTS新書

いにしえからの素描

第８集

金 田 一 美

東京図書出版

まえがき

自分の傍らに気づかないことが多い
生きて……何をするのか
死ぬまでに……何かをするのか
同じ時間だろうか、違う時間だろうか
ただ漠然として、日々を過ごしていく
生きている……どれだけ長い時間だろう

自然って、何だろう
自由に変化し、自由になすがままに進んでいく
自然の鋭い感覚、はるか彼方の未来を見ている
知らず知らずに、自然の傍らに蘇ってくる

どこで生まれてきたのだろうか
この母なる大地で生まれたのだろう
母なる大地……黙したまま生き物を愛す
長い、長い時間をかけて生まれたのだろう
病原体……目に見えない、わからない
インフルエンザウイルスだってそうだ……
コロナウイルスだってそうなんだ……
あっという間に地球を駆け回っている
感染力は素早い、そして強い
人間という生き物に棲んでしまう
これしか私には生きる能がないの……
生きている時間……それもわからない
いつまで強い存在なのかもわからない
ただ、ただ……自分の生き方をしているんだ
生きてる証、それは生き延びることなんだ

それに合わせて生きるだけなんだ……
……この広い宇宙で一つというのではない

(作品1701号)

土手に咲く……色とりどりの花に
モンシロチョウがたむろする
しばらくの骨休めだよ……
長いくちばし見えるかなぁ
美味しい花の蜜……やっと届いた
春の風、悪戯が好きなのだよ……
しゃくに障ることが多いのだよ……また吹いた
生きるのに必要なんだ、この甘い蜜
美味しくいただいた……楽しく飛べる
みんなも無我夢中だよ
優雅にしなやかに白い羽を舞いあげた
一呼吸大切なんだよ！　休む時は何もかも忘れて休むんだ。自然の中の
見果てぬ夢……無心で夢を見ていたい。そういう風光な花畑どこにある

のだろうか……探してみたい。一瞬でも描けたらいい、譲ることはできないのだよ

（作品１７０２号）

厚い雲の中から現れた……太陽
どんなに厚かろうと……突き通してくる
……もう真っ赤だよ
朝の輝きが、そこにあるんだ
激しく燃えるエネルギーになり
ああ……どうすればいいの
自然よ、じっと待って動き出すんだ
何も言わない……以心伝心のように
期待している、生きものなんだ

朝が来たぞと、飛び出した
真っ赤な太陽だよ！　一度だって朝が来なかったことはない……。不思議な、大きな太陽の力……見れども見えず、聞けども聞こえず。気付かないことが多い……おのれを隠さない太陽だよ。途絶えることなく輝いて、存在を忘れかけているんだなぁ……。赤々と、赤々と過ぎていくよ

（作品１７０３号）
ムシムシした、暑さに
一撃を与えてくれて……風が吹く
じっとしておれなかったんだ
この風……どこから生まれたのだろう
予期せぬ風に、慌てだす木々
突風になり梢が叫ぶ

もうすぐ雨が来るんだ……恵みの雨だ
夕立を呼び起こしていたんだ
自然は心得ているんだよ……
カムフラージュし、楽しんでいるのさ
梢の音がすごいんだよ！　風が一瞬にして突風を呼び起こしたよ。見るに見兼ねた自然からの恵みなんだ。哀れな生き物……なされるがままの状態だよ。柔軟性がなければ自心を知れない……。よく見渡しているんだろう……自分に求められた生き方をしなければと

（作品1704号）

コスモスの花が揺れています
スズメたちが餌を探しています
更地の木々が伐採されています

ぽっかりとあいて……遮るものがない
見てごらん、遠くの車がよく見えるだろう
ほら……手の届きそうな距離なんだ
ここの住人、いつ帰ってくるのだろう
こたえてくれる……人影もない
淋しい風景が続いているのです
カン高い響きが、「いつ」こだまする
夢が遠のいていくのだよ！　時間が足りない、生きていく時間が短い。
これからの暮らしに明かりがともらない。ただ一日を過ごし、春が来て、
秋がまた来たよ……。あ、あ……望みを託す、それは誰に託せばいいの
だろう……

（作品1705号）

早く起きて、東の空を見てごらん
まだ、まだ五月半ばなのに
赤みが凄くエネルギッシュなんだ
あなたたち……早く目を覚ましてごらん
この情熱、あなたたち持っている
五月の風さん……夏の風だよ
朝からの風さん、暑いだろうに
木陰の風さん、ヒンヤリなんだ……
今そよぐ風さん、どんな風になる
空ゆく雲さん……どこ、見当たらない
自然が潤す、自然の癒しがほしいよ
変わりゆく五月、どうなるのだよ！　早く目覚めたものへのご褒美、いつでも四季は与えてくれていた。情緒豊かな冷気ですがすがしかった……五月の風、もう感じない。この島国の美味しい空気、どこででも味わえたんだよ。今……五月のさわやかな自然と戯れる時間がないんだ……

（作品1706号）

陽気に浮かれた春が……終わるなぁ
大地にしっかりと根を張って
子どもらが来るのが楽しみだった
だけど、もう忘れられたツバナなんだ
別れを惜しんでくれる……ありがたい風が
心を揺する……白い綿毛になり
白い波で、のらりくらりと風まかせ
ちりぢりバラバラになってしまう

優雅なひと時、ゆっくりとした時間だ
さぁ……風に乗り、空に舞い、旅するよ
柔らかな大地だよ！　のどかな春に野を駆け回る優雅さも遠くなった
なぁ……。自然の中で戯れ、新緑の自然から生き生きした夢をいただく
時なんだ。子どもらの溌溂とした感覚、自由奔放どこに行ったんだろう。
野の風にまかせ、飛び出していく新鮮さ欲しい……新しく成長していく
子どもらに

（作品1707号）

どこにあるのだろう、四つ葉のクローバー
幸せという……小さな心が宿り
一つでいいのだと言いながら
夢中になって、追い求めているのです

見つかりそうで……見つからない
……突然にはやってこないよ
地にはいつくばって、苦労してください……
ここに隠れた四つ葉……私たちなんです
多くの手でかき回されています
かっこよく、愛らしさ……わからない
やっとで手にし……不思議だぞ、偶然じゃない
生きている自然だよ！　幸せって、どこにあるのだろう……なかなか見
つからない。大きな幸だけを求め、小さな幸があることに気付かない。
小さな幸を置き去りにして、みんな走り回ってるのさ。どこにでもある
のだよ……小さな幸。大事にすれば大きな夢になってくるだろう。慌て
なくてもいいのだよ……じっと待って気付こうよ

（作品1708号）

自然は何一つ伝えてはくれない
大地の温もりで目が覚めた
ウトウトとした状態なんだ
つられ、つられて……頭が叫んでしまった
娑婆の空気を吸いたい……春の空気だよ
ついつい体まで出てしまったんだ
あ、あ……なんということなんだ
判断できなかった……あ、あ、どうしよう
とうとう……縄のように曲がったよ
気づいた時には大ケガをしていたんだ
助けてくれたのだよ！　慈悲ある心の持ち主が、そっと手伝ってくれたよ。僕を怖がらずに元の棲み家にかえしてくれたのさ。冬眠すれば未来がわからない……。生きていく四季も常に変化している。暖かくなり凍

らなくなった大地だ。冬眠、昔のことかもしれない……ゆきつく春、厳しいなぁ

（作品1709号）

真っ暗い……真っ暗い闇夜の娑婆
白い雲も黒い雲になり
音もしない……宇宙の広大な空間
リードするのだよ……星たちが
遠い、遠い星たちの世界が
四六時中の輝きが……今よみがえる
夜は俺たちの世界なんだなぁ
この喜び、どのように伝えよう……
今……何時

真昼の世界に放り出された……無数の星よ
現実を見失って黙したままなんだなぁ
静かに、静かに息を止めた自然よ！　生き物たちは昼間の生き物なんだなぁ……夜は静かに息をする。一呼吸するたびに、闇の中でため息となる。見渡す限り闇夜の世界だ……あ、あ……この時間どうすればいい。宇宙が果てしない闇になる。キラキラした生き方が……自分にできるだろうか

（作品１７１０号）

広々とした初夏の草原
緑……みどり……緑
気づかない、深く深く呼吸してる
美味しくてたまらない……この空気

窓を開ければ……部屋いっぱいに
なだれ込んでくるのだよ
吸っても、吸っても逃げ出したりしない
ここだけの美味しい空気なんだ
時々、かすれ声で叫び自然を呼び戻す
静かに、そして静かに甦るんだなぁ
驚いてしまうのだよ！　自分の中にもう一人の自分がいる。小さな旅でもいい、大きな旅でもいい……心を揺さぶってくれる。素晴らしい自然が待ち受けている。それぞれの自然が、それぞれに生かしているんだと。
突き当たって戻ってくる、何かがそこにあるようだ……

（作品1711号）

近くの草むらがざわめいた

一羽のキジバトが飛び出してきた
素早い行動……一目散に
その美しい羽、注目する色だよ
カムフラージュする……容易いことではないよ
生きるためのオスの証なんだ
メスよ……どこかに早く隠れて
……不思議な呼吸があるんだと
一声、二声鳴いて、「いま、ここだ」
息の合った夫婦なんだなぁ……
すぐに夕暮れの闇が降りてくるよ
察知する能力が早いのだよ！　用心深い野鳥たちなんです。キジバトも
オドオドとして動き回っている。生きるための本能が早い……。なんで
感じるのだろうか。飛び出す音で「ハッ」とさせられる。それぞれに生
きてる野鳥のさまざまな意識が高い……生きるための愛がそこにあるん
だよ

（作品1712号）

さわやかな五月の朝だというのに
太陽がすぐ近くにいるようだ
遮断したカーテン……役に立たない
部屋の中……真夏のよう
すがすがしい陽射しがなくなった
肌で感じるのだよ……この現実
……風の柔らかさどこにいった
小鳥のさえずりが、ため息になり
木々のこもれびもままならない
自然はなぁ……あるがままに受け入れ
拒絶はしない、じっと耐えてる姿なんだ
自然よ、どう捉えているのだよ！　喜怒哀楽の激しい不思議な生き物、
それが人間なんだ。暑ければ暑いで、寒ければ寒いで、すぐ嘆き自分よ

がりなんだ。自然の生き物たちは四季の変化を受け入れるのが早い……
すごい能力なんだ。たやすく暑さ寒さから逃れようとしてはならない
……母なる大地お見通しだよ

（作品1713号）

雨の降る日が少ない
小川が甦れないと、雑魚が嘆いてる
ほら、すぐ近くに川底が見えている
この小川どうなるのだろう
水草よ……早く成長してくれ
葦の下で隠れていたいんだ……
直射日光を避けたいんだ
真夏が来る前に……冷たい水で泳ぎたい

どんなに石ころの間を泳いでも
背中がだんだんと暑くなってくる
今年の真夏……どうなるのだろう
小川の水が少ないのだよ！　水量が少ない……カラカラの小川だよ。小
さな雑魚しか棲めない小川になっている。どんなに雨が降っても、乾燥
した大地には一時しのぎなんだ……。いつになったら豊かな里の小川に
なれるのだろう。水の流れに夢見ているのです

（作品1714号）

黄色に熟した梅の実……嘆いてる
雨にあい、風にあい耐えてきた
黒いあざが出来たり、少しひび割れもあるよ
傷ついているけど、全て梅なんだ

中身は酸っぱい味がするのさ……
ここまで生きてきたんだよ
私たちの旬を忘れないでほしい
千切ってくれるのは……いつなんだ
おばあちゃんいないからなぁ
木で熟して落ちてしまうんだ……
野の梅の木なんだよ！　美味しさを生むのは……季節の美なんだ。自然任せの梅の木、時がくれば梅の実をつけるのです。雨で泣き、風で苦しみ自然の厳しさを受けるんだ。大切な時もあったんだよ……今、用をなくしているんだなあ。だんだんと捨て去られるだろう

（作品17715号）

うっとうしい……うっとうしい梅雨になり

「やろう」という気力がわかない
ああ……どうしてなんだろう
とうとう、老人になったんだろうか
一人でも、黙々と楽しんで覚えたのに
鍛えたこと……何だったんだ
習ったこと……どうしたの
朦朧とした時間だけが過ぎる
脱力感が残り、ボケるのだろうか
自由のない、生ける屍になった気がする
どうも気になって仕方がないことだよ！　元気よく歩き回っていたのに、やろうという気が起こらないでいる。不思議な感覚になってきているんだ……。無言の老人の群れに交じって、ただ歩いている。立ち止まって、また立ち止まる……どうにか生きている自分を発見。どこにいくのだろうか、夢遊病者のようでいるよ

（作品1716号）

毎朝、毎朝……何かが起きている
気づかない……朝の一幕がある
上空を真剣に見ないからなぁ
面白いんだよ、……雲、くも、雲の動き
よく見てごらん……止まりはしない
風に乗って、どんどんと流れ
無言で衝突し、消えたり膨らんで
雲さん……愉快で楽しいだろうなぁ
太陽を待って、何かを伝えているのです
気づいてよ、一刻一刻が命だから
真っ赤な雲になっているんだよ！　雲が雲を呼んでいるのです。いま見た雲、どんな雲だった……。聞いてもわからないだろうなぁ。雨をよぶ雲あり、すぐに消える雲あり千変万化でうごめいている。一度きりで二

度と戻れない世界……挑戦する雲でなければ消えてしまう。雨の誕生
……一つの挑戦の始まりなんだ

（作品1717号）

吹き溜まりの土手……タンポポだ
枯れた草の隙間から春の匂いが
……しがみついて顔を出してくる
大地の時計、動き出すのが……鈍い
声高らかにとどまらない風さんたちだ
まだまだ、陽気な春は遠い……
根付いた根が、顔を出せと急き立ててくる
とうとう顔を出してしまった……
見せるには見せたけど

……まだまだつぼんだままなんだ
夢があるのだよ！　早春の小さな花です。わからないのに独立独歩で咲いていくのです。大地に温もりがある、早く花を咲かせよう。自分だけが喜べばいいのじゃないか……一途に咲いてる姿を見せたいのです。見てほしいのです……早春の風に乗り、夢、夢を広げて飛び出していくのです……

（作品１７１８号）

ノドをうるおすものがほしい……
この樹液、甘いよ、有難い
やってくるよ……いろんな虫が
大きな虫ほど、わがもの顔で
小さな虫さん、かわいそう

昨日はちょっぴり飲めたよ
今日は飲めるのかなぁ……
飲める喜び、いつまで続くだろう……
無言でこの木にしがみついたまま
少しでも飲みたい……最後でもいい
雑木林が少なくなっているんだよ！　昆虫にとっても糖分がほしい真夏の時なんだ。樹液が出てくる木々も少なくなり、生きていくのも大変だ。
おすそ分けなどしてくれない……強いもの勝ちなんだ。この身も変化しなければ生きられないかもしれない……。なんという生存競争なんだ

（作品17719号）

冬の寒さを耐え抜き……咲きだした
幾重にも、幾重にも重なりあい

花……はな……花、鮮やかな色だ
ミヤマキリシマのピンクの楽園だ
何かを待っているかのようだ……
都会で疲れた人々を……癒したい
くる人くる人を解放したい
澄みきったこの大空に、きらめく花園に
歩いておいでよ……素晴らしいよ
芯の強い、女性らしい花……はな……花
山一面で微笑んでいるのです
初夏の日差しの中だよ！　山の頂に続くダラダラとした山の道だよ。
登っておいでよ……どろどろの道だよ。山肌に根を張り、風雪に耐え、
害虫から身を護る……厳しい条件で咲くのです。蕾が生まれた瞬間、青
い空に舞い上がる気持ちです。生きている……大空に一番近い楽園なん
だと

（作品1720号）

いろんな人がいろんな想いで歩くよ
ピンクに染まる、山を見たい
老いも若きも連なる山の道になる
無言の大きな岩、小さな岩に助けられ
踏みしめる、足でわかるよ
それも老人夫婦が多くなったよ
家族連れもよく登ってくるんだよ
若者は……あとを追っかけて急ぎ足だぞ
この先は平坦で泥んこの道さ
悪戦苦闘、無理をせず、慌てず……
頂上まで行くのだろうか……ふと思った
心配になってきたよ！　ゆっくり、ゆっくり歩いてきたよ。この山道、
懐かしい……自分で決め自分で歩く。泥んこの山道、大地を踏んだ実感

だ。この爽快さ……青い、青い空に広がるんだ。足の衰え……知らぬ間にやってくる。あの花園で休憩しよう……自分で歩く足を信頼しよう

（作品1721号）

飛び立った……スズメの子
孤独でいっぱい……どうすればいいの
小枝にとまり、身じろぎもしない
キョロキョロとした目……興味津々
飛んでいきたいけど……羽ばたけない
ジャンプするのが怖い、動けない足
不安だらけの初日だよ……
お母さん……早く、早く来てよ
後ろから声をかけて……応援して

最初のひと飛びで大きく羽ばたけるから
巣立つ姿をじっと見つめてる
飛び立っていく時だよ！　親から離れる時が来たんだ。飛び立つ時に勇
気が必要なんだ。どうすれば飛べるのだろう……己の決心だろう。憧れ
の自由な世界への旅立ちではないか……。知恵ある生き方、汝の生き方
どうすればいいのだろう。野ざらしの心がまえが忘れられている……

（作品1722号）

ひさしぶりの山への挑戦なんだ
初夏の山……心を揺さぶられる
頂までの山の道、不安がつのる
山が呼んでいる……早くおいでと
みんなと一緒になって登ればいい

安心だ……頂上までたどり着けるさ
だけど、体力あるかなぁ
老いても気の持ちようで行けるさ
独りになり、限界を実感しているのです
若人の足強い、どんどんと急いでいく
あ、あ……ため息交じりだ、ついていけない
安定している時期だよ！　この山に登る……心のバロメータ。山の自然を眺め、山の声をまぢかに見つめ、すがすがしくなる。自然は無言で自分と対面してくれ、素晴らしい目標をくれる。……無理をせず、マイペースで挑戦してくれればいいと。……低い山でも侮ってはダメなんだと

（作品1723号）

わずかな時間、新鮮なる時間だよ

自分たちのありのままの気持ちを
輝く朝日と対面する時間だ
ただ、じっと見つめているだけ
この悦び、ビクとも動かない
この姿……教わりもしない
この姿……見せる気持ちもない
静寂な朝だけに生まれだすのです
今、生きて自由に喜んで飛べる
自分を表現できる……気持ち最高だ
気にもしないのだよ！　朝の自然、穏やかなんだ……おはようと。目覚めれば素早く飛び出る鳥たち。自分が自分であることを確かめる時なんだ。生きものと自然との関わりが乏しい……。ふだんからの志向がなければ急にはできない。生き抜く至難さを肌で感じる……自然が全て友、
生きもの全てが仲間

（作品1724号）

ポツン、ポツンと屋根を叩く
目覚ましの雨の音になったよ
しばらくしたら止んだぞ
雨が教える遊びの時間だよ……
今しかない絶好のチャンスだ
わき目も振らず飛び出し、宙を舞う
濡れた葉っぱにダイビング
スズメたちしかできない……水遊び
さわやかな面白さ、仲間への合図
母さんからの説教あるだろう……
楽しさ見つけたんだよ！　みんなと遊ぶ、一羽で遊ぶ……どちらも楽しい。和して同せず……一理あるんだよ。新しき創造を自分で作り上げる……こんなに面白いことはない。小さな体で、小さな力で考え出してみたい。すべてを満足した生き方ってあるのだろうか……

（作品1725号）

急激な雨で、急激な流れだ、渦を巻く濁流
濁って速い……それも猛烈な勢い
今までに遭遇したこともない濁流
目を開けたままでいなければ
閉じたら自分の位置がわからない
息するのも苦しい、すごい水の圧力
泳いでも、泳いでも……泳ぎ切れない
流される……どんどんと、どこまでも
潜ったまま息することを忘れてる
どうなるのだろう……生きながらえるかなぁ

目の前に現れた……大きな岩が
川が氾濫するのだよ！　雨の降る量がけた外れに違っている……大きな
音で川面を叩く。降り続く……一昨日も、昨日も、今日も雨の連続。雨
の神よ……もう、降らないでほしい。自分の泳ぎではこの濁流に耐えき
れない……もう限界。生きる試練を雨が与えたのだ。現実を天にまかせ
るしかないのだ……共に生きる、難しいなぁ

（作品１７２６号）

マグマが集中している山だよ
絶えることがない……山の噴火
穏やかな白い煙、どこにいった
「あっ」という間に見えなくなった
わずかな瞬間で一変する……

黒々とした噴煙を噴き上げてくる
えぐる、えぐる空中を飛び交う噴石
燃えるそして熱い、大小のマグマが
空から落下したまま固まるんだよ……
いつまで続く……火の山、燃える山
噴火が続くのだよ！　白い煙で穏やかだった火の山。一瞬にして魔の山に変貌だ。地球が生きている証をまざまざと見せつける。四六時中、足の下に燃える赤々としたマグマがある。地球を生んだ母なるものがこのマグマだろう。これが地球の魅力……絶え間ない衝撃が走るんだ

（作品1727号）
こんな熱帯夜の夜はエサがない
うだるような暑さに、疲れるんだ

いつまで探し求めても見つからない
大好きな、大好きな虫……どこなんだ
足の裏が冷え切らない、草むらだ
じっとしていようかなぁ……得策よ
生きるものどうしの、生きるための闘いだ
今をどう生きる、どちらも熱い息がする
殺気立つ……ギラギラした目
……光ってる……前後左右で
どんな生き方なんだよ！　夏の夜の猛暑、こんなに暑くては身動きとれない。夜の動物の生き方が変わるだろう……暑さで対応が追い付かない。生きるのは自分だ、カラを破らなければ。自問自答の熱帯夜だ……この地にいつまで生きられるのだろうか

（作品1728号）

緑なす草原の山に爆発だ
それも……水蒸気爆発
山が生きている……顔をのぞかせた
宇宙に飛び出し夏空に舞う
小指ほどの石に、こぶしほどの岩石
鮮やかな草に覆いかぶさり
ものも言わせない……熱き力だ
もがけどもどうにもならない
息ができない……芯がしおれる
あ……あ、立ったままの窒息か
自然よ、自然よ……どの生命を宿せばいい
呼び戻すことができないのだよ！　見慣れた光景が過去のものになった。
穏やかな山も一回の爆発で一転する。生きもの全てが生き方を変えさせられる。地球が生きてる証……エネルギーの凄さだ。自然は元に戻れない……これから始まる、それぞれの新しい運命。……自分で切り拓かなければ

（作品1729号）

緑なす……雑草軍団
仲間同士で競い合っている
負けたくない暑さだってへっちゃらさ
真夏の太陽に向かって、威勢がいい
……どんどんと緑鮮やかに成長する
どこにそのエネルギーがあるのだろう
なんといったって……太い根だよ
泥の中を泳いで浸透していくんだ

柔らかい……湿った泥があるんだ
生きるのに、ほどほどの水分なんだ
こんなに恵まれた土壌を見つけているんだ
太陽がよく見てござるのだよ！　自分の生き方、自分で探さなければ生きられない。真夏はすぐに淘汰されてしまうから……。生きる大地を見つける……しっかりとした根を張れるところだよ。乾燥しない大地だよ……充分な水分がなければダメなんだ。太陽の軌道を知らなければ生きられないと

（作品1730号）

嫌な予感がする兆候になるよ
朝の雲……上手に知らせるのです
空ゆく雲、やけに流れが速いなぁ……

泣き出しそうな雲になり、慌ただしい
灰色の塊……空を覆いつくすんだ
それも、墨汁を落としたような雲に急変
黒のしま模様が一面に広がった
どうなっていくのだろうか……
宇宙の青さ……山の端だけに
大胆不敵さを見せつける朝の雲なんだ
雲にも楽しみがあるのだよ！　四季折々に表現する雲の群れ。果てしない所で生まれ、果てしない所で活動する。自然の営みがそこにあるのだよ。雲からの恵み……四六時中受けているのに感じない。宇宙の生き方がそこにあるのだろうなあ。すべてが自然……夢のように何も残さない楽しみだ。無常……難しいんだ

（作品１７３１号）

雨、あめ、雨のエネルギーの凄いこと
昼夜を問わず……どしゃ降りだ
山は崩壊し、流れ出す……
木々をなぎ倒し、岩を押し流す
「あっ」という間に道をふさいでいる
道を……濁流の流れる川に
目の前に現れた……大きな岩
ゴロゴロと道の真ん中で居座ってる
ここまで来て止まったんだ……
見るも無残な故郷になったよ
元には戻れないのだよ！　自然の雨が……自然を壊す。ただの雨って思わないでほしい……。小さな雨も大量に降れば膨大な破壊するエネルギーになるんだ。生きていれば変化の連続なんだ……同じものは一つも

ないよ。今、四季がなくなりつつあるのだろう……。宇宙からのメッセージが激しいよ。美しい四季よ……いつ蘇る

（作品1732号）

「からいも」の美味しい食べ方があります
……その季節がやってきました
ほほかむりした……老婆が
冷たい畑の土を掘り起こす
収穫したままの、「からいも」だ
田舎の保存で喜ばれているよ……
美味しい、故郷の味がある
……ふうふうして食べるんだ
食べてる、食べてる、柔和な顔になり

いつも、和んだ喜びになると
手だけがせわしくなっていく
心の芯から温まるのだよ！　食べ物のない時代、大切な栄養源だった。
食べ物が豊富になり粗末なんだ。食べ物も生きものなんだ……大切にし
なければ。哀れな心を生んでしまうだろうなあ……。自給自足できる食
べ物ってなにがあるのだろう……ほんのわずかだよ。未来の夢、淋しく
なるだろうなぁ

（作品1733号）

雲、雲、雲どんよりとした空を作り
分厚くなる雲……天を分断する
もう……冬支度を始めなさいと
まだまだ、冬の太陽ではないでしょう

照らす輝きが冬の目覚めではないよと
冷たくなる雲たちの動きなんだ
いつ冬の斜光になり……冬の顔を見せる
越冬しなければ……新しい冬がこないと
それも無口で無言で過ぎていく
わずかな軌道、南の果てで動いてる
太陽が隠れているのだよ！　生きるものに試練を与えられている時期なんだ。知恵を出し、自分に合った冬を過ごしなさい。冬の恵みを探して生きていきなさい。自然に合った生き方があるはずだと……。太陽の生きている時間も僅かなんだよ。不思議に思わない……常識と思うからそうなるんだと

（作品１７３４号）

午後三時……真夏の熱風地獄
木陰の下で影が薄らいでいく
涼しさがなくなった空気に
拍車をかけてくる、セミの軍団
うたた寝していた、セミも
戦闘開始だ……
息つく暇もなく、鳴いて、鳴いて……ドラ鳴きだ
「あっ」という間に終わってしまった
身を守りたい、生きてる時間がもうないんだ
みんな……夢見ごこちのひと時に
止まってくれる南の風だよ！　自由に吹く風が止んだ、午後のひと時だよ。鳴いて、鳴いて真夏の暑さにも負けないでいる。短い時間の活動をしなければセミでなくなるのだよ、辛いんだよ……。全力を出し切って

生きる……わかっているから一日を愉快な仲間と鳴き比べしているのだよ……

(作品1735号)

あざけるような……高笑い
小さな石と、大きな石を
天空高くまき散らす……噴火だよ
マグマが新たなるメッセージなんだ
ゴーッと地響の連続……
生きてる、生きている……生きてる火の山
目の前を真っ暗にされ、驚かされる
どうしても予期しえない……
頭上が危ない……でも登りたい

慣れ親しんだ山の今を見たい
微動が止まらないままだよ……
生きる重さを感じるのだよ！　自然が味方をしたり、敵に回ることもある。自然も生きもの、いつ凶器に変わるかわからない。安全だという保障はどこにもない……雨であり、風であり、海であり、山であり、自然そのもの。自然を止めることができない……。自然が襲う……永遠の魂であり、永遠の愛であり

(作品1736号)

春夏秋冬……いつでも吹いている
風……風にも通り道があるのだよ
この道、感じるしかないんだよ
雨……雨の道だってあるだろう

降るところもあるし、降らないところも
風の悪戯なんだよ……面白いだろう
突風ごときは、突然変異の強風だよ
よく飛ばされる……花の種子
どこまでも、どこまでも綿毛をつけて
「あっ」という間に飛んでいる
風がなければ……花は生きられない
風が頼りなんだよ！　自分の意志で子孫が残せない……。植物の生き方って自分に合った生き方で過ごしている。それもバラエティーに富んで生き残る。新しい大地で、新しい季節にならなければわからない……。
どこかで、知らぬ間に花が咲いているんだ

（作品1737号）

冷たい池の中で顔を出してくれた
清らかで、すがすがしい妖精……
願いが込められた、白い花だった
悲しさを覚えたのだろう
わがまま言えない哀れさなのだろう
咲かない……不思議な花になり
気づかないうちに、パッと咲いた
有難い……三年ぶりに甦ってきた
白い、白いハスの花……励ましている
感激だ、生きていく悦び大きいぞ
小さな池からのささやきだよ！　池の中にも変化が起きたのだ……。生きるための喜びにも時間がかかる。活かし、寄り添うことなんだ。生きものを枯渇させては生きていけない。白いハスの花……ひっそりと咲き

だした。長く生きるための新しい土台作りなんだ

（作品1738号）

どんどんと押し寄せてくる……初夏の雲
山の頂……雲の衝突だ
その衝撃の激しさそのままに
泣いている……大きな涙と小さな涙で
山のすそ野まですっぽりと覆い隠し
無残な雲たち、ありのままの戦いだ
自由に流れくる雲……大小さまざまだ
……見る見る間に変化し
あれよ、あれよという間に吸収され
身動きできず、押しつぶされた

わずかずつ大きな雲に、染まっていく
湧き上がる雲、どんな雲だよ！　生まれてくる雲、軽やかなんだ。どこで何が起こるかわからない……雲の自然現象。それは異常気象の第一歩だろう……。猛暑の中の雲……海面も高温の異常であり、湧き上がる雲も高温だ。空で消えて雨にならないことだってある。夏を予想できない夏なんだ……

（作品1739号）

北への旅の途中なんだろう……
まだまだ冷たい湖の瀬に
羽を休めに下りてきた……鳥の群れ
優雅に泳ぐ姿が現れない
川面をつつき、わずかなコケを探す

心にゆとりなどない……ただ北へ
もう、動き出しているんだよ
自分たちにしかわからない……春が
この鋭敏な感覚、いつ生まれてきたのだろう
長い、長い北への旅……生きる春の楽園なんだ
北を目指す鳥たちよ！　北を夢見て飛び立つ鳥よ……棲みよい楽園があ
るのだろうなぁ。たどり着くまでの時間長い……安全に行動し、皆の故
郷へ帰る。何も言わず、何も残さず、ただただ夢を見て飛び続けていく
のだ。あなたたちのロマン、足元にも及ばない……

（作品1740号）
フワフワした……白い雲が嘆いてる
雨ではなく……白い雪を降らせたい

生まれてくるのは雨、あめなんだ
白い雪になりたい、白い雪で大地を濡らしたい
冬至を過ぎようとしているのに
なぜ雪にならないの……不思議
吹いてくる風が冷えない、まだ温かい
想像できない、こんな温かい風なんて
晩秋の風よ……早く去ってくれ
冷えてる木枯らしを連れてきてほしいなぁ
あと何日したらバトンタッチできる
寒さ、いつ来るのだよ！　十二月の終わりだよ……。大地が冷えてこない……大地を取り巻く海水が温かい、冷え切らない。流れる雲さえ、雨になってしまうんだ。いつ来るのだろうか……木枯らし一号が。初雪になり、子どもらの喜ぶ顔がちらつく。こんな夢……あるんだよ

（作品1741号）

大雨……それは大きな被害だ
一度降り出した雨……止まらない
降りしきる、降りしきる大小の雨が
天の神でさえ……止められない
故郷の小さな小川……オーバーフローだ
無残にも残したものがあるんだよ
あちら、こちらに岩や木々が
よく遊んだ小川、見る影もなくなった
カラカラ天気が……今、続いてる
猛暑になるんだ、雨のない夏だ
流れる小川……チョロチョロの水だよ
不動の岩なんだよ！　川の中にデンと居座っている大岩……。この里の自然の風景、洪水があるたびに変化する。自然の中で生きてるもの、自然を愛さなければ……。自然をそのままに放置しているのに気づかない……あなたたち。不動のものなどどこにもないよ、自分が変わらなければと

（作品1742号）

春を演出する……春の自然の心
この歓喜……生き物を目覚めさせる
それぞれに息づき、芽生えだす
よくわかるんだなぁ……移りゆく季節が
春夏秋冬、動いてる証だ
希望と喜びを与える……春が一番だ
小躍りして空に舞い上がるチョウの群れ
優雅だよ……春の感覚に

悦びを分け与えてる……その姿なんだ
……春の自然、野に咲くスミレにも
春の陽だまりだよ！　冬の季節がだんだん遠くなり、春の陽射しが強さを増してくる。ぼんやりとしていれば、気づかないうちに通り過ぎてしまう。小さな生き物で春は潤すのだよ……。春の息吹、何をなすべきかを教えてる風景だろうか……。立ち止まらない自然の目覚め、鋭い感覚がある

（作品1743号）

季節は生きている……
無残にも戦い終えた夏の雑草
哀れだ……枯れ果てたままで
早春の突風に吹かれて……

芯が折れ、根がはみ出してる
この苦しみがあるから生きがいだ
暖かさを待つ喜びがある……
今か、今かと待っているんだ
そう……立ったままでいられることだ
大地に命があるからなぁ……根が支えなんだ
知らず知らずに新しく発芽するんだ
選り好みしないのだよ！　乾いた大地でも湿った大地でも、生きる生命線なのだ。生きるための努力、深く根を張り芯を支えることなんだ。見えないところに、生きるための鉄則だろうなぁ……。自然からの影響を、どう向き合って自分のものにするかだ。なすがままの雨や風と一緒なんだよ……

（作品１７４４号）

僕らは生まれて……まだ半年なんだ
空中を散歩し、どんどんと広がる
目にみえない、わからないほどの微生物
生きる……感染し拡大する
生まれた時よりは強さを増してきたよ
負けそうな気がしない……
どこで生まれ、どこで育てられたのかわからない
大地の中から生まれたのだろうか……
わからないままに……生き続けてる
……ただ黙々と生き続けるんだ
暗中模索の中だよ！　空中を飛びかうコロナウイルス……人から人への
感染が速い、予期せぬ速さで感染拡大をつづけてる。……コロナウイル
スが生きてる証だ。誰のものでもないよ、この地球……生きてる全ての

ものだと、挑戦が始まりだしている

（作品1745号）

土手に湿り気がない……熱い
あちらも、こちらも逃げ場がないよ
土手から転げ落ちだすのは……
灼熱の午后に起きてくる
カラダが熱くなり、全身ヤケドだ
水ぶくれになって膨らむんだ
何もないカラダ、息できないよ
のたうち回り、とうとう動けない
……どうにもならないでいるんだ
あ、あ……焼け死んでしまう

天からの雨、降ってもくれない
ミミズ君たちの叫びだよ！　生きることって大変なことなんだ。急激に
暑さが増してくる、夏の午后。雨も降らず、夕立も来ない……このまま
天が見放したのだろうか。地中の生き物、どうしたらいいのだろう。哀
れなる……我々は、自分の身を自分自身で守れないのだ……

（作品1746号）

今夜だけ……この夜空を見てごらん
お月さん、大いなる演出するんだ
大きな顔でにこやかに笑っている
あなた、嫌な梅雨を忘れなさい……
もやもやした心を開いてごらん
こわばった表情では、あなたダメよ

沈んだ顔に見られているよ、あなた
梅雨の悪夢、あなたの心にあるんだよ
自分が輝いた心……探し求めた、あなた
健やかな顔を作ってよ、晴れてくるから……
無言のままでいるのだよ！　周囲の宇宙から私は生かされている……自
分から何も発することができない。一つだけ影響を与えている……海の
満ち引きだよ。朝と夕に毎日行動しているんだ。お月さん、ありがとう
……自然の中に自分を見つけだしていくよ

（作品１７４７号）

藪の中からそよぐ風で誘われる
小さな虫たち大喜びだ
甘い、甘い、野イチゴを昼食に

十分に食べておきたいんだよ……
自分の好きなものを食べればいいさ
真っ赤に熟した……この野イチゴだ
静かに、静かに止まろう
そう……野イチゴとのスキンシップ
好かれなければダメだなぁ……
満腹にさせてくれるのです……嬉しいなぁ
こんなに甘い野イチゴだよ！　遠慮いらないぞ……さぁ、皆で食べてくれ。美味しさも、ほんの僅かな時だよ。だんだんと生きる所がなくなってきた。野生で生きる……難しくなってきたなあ。あと何年、この場所で実をつけられるのは……。珍重がられるだろうになぁ

(作品1748号)

可愛がる主人をよく見ているんだ
目を伏せ、従順についていくよ
嫌われたら生きられないから
主人のそばにいる僕……可愛いだろう
いつも寄り添って離れない
尻尾をフリフリ、満面の微笑みで……
これしか僕にはできないのだ
いやな仲間が横を通れば……威嚇し
強そうな仲間と目と目があえば……怒鳴りだす
……すぐに身体の毛がよだってしまう
耐えることができない……僕らなんだ
それは、偶然だったよ！　僕たちを優しく愛してくれる人はよくわかる。
鋭い動物の感覚がさえわたるんだ。この感覚を捨てれば犬ではなくなるだろう。どんな動物でも好き嫌いはすぐに表れるだろう……。人間はすごい芸当をするよ……腹で怒っても、顔では笑っている。なぜそういう芸当できるの、そこには不思議さが

（作品1749号）

どこでふ化して誕生したの……
二度目のふ化で誕生したという
不思議なことが偶然に起きているんだ
産まれる……それは尊いものだよ
宇宙から生きるメッセージを受けたんだよ
春を生きる……ウキウキして舞いなさいと
チョウとしての優雅さを楽しみなさいと
舞っている、一番易しいことかもしれない

舞っている、一番難しいことかもしれない
春の風に迷わされないように……
決めなさい……それを自分で実行しなさいと
気づかずにいるだけなんだよ！　チョウがふ化して息を吐く。この宇宙
に生を受けた瞬間なのだ。生まれたままでは完全ではないよ……自由に
舞いだすことだよ。自分の舞う姿……自分で見れないから。飛ぶのに影
響がなければ新しい生き方ができてくる。不完全でも生きられるだろう
……

（作品1750号）
素早く、変わりゆく朝の時間だよ
わずかな時を惜しむことなく
……今日も拝んでいます

この輝き俺たちのものだ
太陽がくれる……無言の恵みだよ
……心にのしかかるものが吹っ切れてしまう
まばゆい光が包んでいくんだよ
気づいたかのように、風が騒いでくる
……静かに元に帰っていくよ
飛んでいるのが、目的だろうかと
僕らの仕事、何だろうかと……
素直に空を飛んでいるのだよ！　朝日が昇る時に霊気を感じる。それも
……四季の風に乗ってやってくる時だ。身も心も清められ、肺が活き活
きと呼吸する。生きている、今日も自由に精一杯羽ばたいてごらんと。
飛んで、実践する……大切な行為を身につけなさいと。心の支えを……
しっかりと綿密に

（作品1751号）

風向きによって四方八方にふりそそぐ
昼夜を問わず……四六時中だよ
ところかまわず、ザラザラになる
やっかいな……小さな火山灰
はいても、はいても手に負えない
わずかな風でも宙に舞い上がり
呼吸するのが嫌になる
道べたは……火山灰のたまり場だ
草の上であり、木々の葉っぱにさえも
一番悲惨なのは……野菜の上だ
野菜はとうとうダメになるんだ
ザラ、ザラとした火山灰だよ！　山が爆発してもたらす火山灰だよ。風吹けば空に舞い、雨降れば大地に沈む……マグマからの送り物。一番い

やなのは夏だよ……皮膚に寄り添ってくるし、窓の隙間からでも侵入し、
部屋がザラつく。この生き物、平然とした生き物になっているんだ……

（作品１７５２号）

この広い宇宙の生き物のために
一瞬一瞬、一刻一刻、止まりはしない
希望をくれる、朝の光だ
初夏の輝き……ほんとうに眩い
緑なす木々がいち早く活動し
みずみずしい空気が、そこにあり
知らず知らずに受けている
あ、あ……なんという有難い地球
澄み切った、美しい青い空があり

自由に生きる、空気がそこにある
解決する糸口どこだよ！　おーい、誰か「希望」をくれよ。生きるため
の希望、一人ではどうにもできないのだよ。生きてるものが欲望を捨て
ていかなければ……。「いち早く」解決へ……導くことの難しさ、未来
への先延ばし、それは一つの放棄ではないのか。自然からの提起、生き
方が試されている……皆出ておいで

（作品1753号）

里にも、やっと秋が訪れる
秋……それは実りの秋なんだ
頭を下げ続ける黄金色した稲穂
今年の出来はどうだったんだろう
灼熱の夏に、大雨にも遭遇

台風……ひどい目には遭わなかったよ
自然は通り過ぎなければわからない
右にそして左に、自分では判断できない
揺れるごとに本音が生まれ、建前が去っていく
今あるのは……垂れ下がったままの稲穂
それでいいのだろうか！　今……最も手のいらぬ作物になった。すべて
の作業が機械オンリーになって心が通わない農作業。豊作だって喜ばれ
なくなったよ……哀れな稲穂。迷いに迷い続けて、考えさせられる広々
とした田園風景。大いなる歓びはダイナミックであってほしいなぁ……

（作品1754号）

どこまでも、どこまでも……青い、青い
野放しの……広い、広い宇宙空間

新しいものあり、古いものあり
数知れず飛び交っている
誰が管理するのだろう……この衛星を
役を終えたもの、どこに行くのだろう
寿命といっても消えない……
宇宙のゴミになり、危ないんだ
大きな疑問……抱えたままなんだ
入り口だけで、終わりがない
澄みわたる宇宙……夢がなくなりそう
ゴミが見えないのだよ！　宇宙は広く果てしない……どこまで行っても
宇宙なんだ。衛星のスピードが速く目にも留まらない。人の心には何も
残らない……。宇宙にゴミが充満してると思わない……。今がよければ
それでよし……使い捨て、そのように捉えても仕方ないだろう……

（作品1755号）

もう……夏が来たというのに
まだ、まだ梅雨が終わっていない
どしゃ降りの雨が続いてる
真っ暗な地中の世界からはい出して
のこのこと地上の世界にやって来た
脱皮したいけど、脱皮できない……
脱皮しなければ死んじゃうんだよ
どこかで脱皮できるチャンスがある
雨が止む……必ず止む時がある
信念をもって、もう少し待ってみよう
娑婆の世界……鳴いて、飛んで、夢みてる
哀れなんかではないよ！　生きることとは必死なんだ。自分ではどうにもならないことがある。朝がきたよ……強く生きなさい、精一杯生ききなさいとメッセージをくれたんだ。生き抜く大切さ、それを超えて生まれてきたんだ。限界……自分で感じてはダメだと。ありのままの自然に羽を広げなさいと……

（作品1756号）

どこまでも……どこまでも静かだ
果てしなく広がる海原に
キラキラときらめきだした……
そよ風が吹くたびに海が揺れる
どこから、どうして……起きてくるの
音もなく押し寄せ、去ったりしてゆく
不思議な現象の繰り返し……
どこまでも、どこまでも続いてる

生きている海を、見ているのだ……
この豊かである海も孤独なんだろうなぁ
時化る、おおいに時化る……エネルギーの発散だ
波が去っていくよ！　ありのままの表情を見せる、果てしない海。今、
見る波も……今、だけなんだ。海も波も自分を表現して生きている。あ
なたが見た海……最高の演技を披露したんだよ。一度だって、手を抜い
たことなどない……生きるのに必死なんだ。見慣れない大波、奥深い海
の中から生まれてくるんだ……

（作品1757号）
大きなお月さんが現れてきたよ
今夜は秋の十五夜お月さん……
私の顔よりも大きいなぁ

赤みを帯びて……私よりきれい
幼子の可愛らしい声、弾みだす
かぐや姫はどこにいるの……
一緒にお団子を食べたいの
早く……お団子をお供えして
美味しい……美味しい、お団子に
無邪気な子どもの広がる夢に
お月さん……大きな笑顔で笑ってる
子どもらがつぶやいた言葉だよ！　お月さんと一緒に団子を食べる……。
子どもが教わったままを実演しているのです。子どもになる、その気持ち……生きるためのすき間風。あっという間に過ぎ去っているんだよ……。純真な子どもの目……ありのままを見ているのです

（作品1758号）

浮かんだ白い雲……
「あっ」という間に吸収されて
大きな雲にもみくちゃにされて
それも無残な姿の雲になるんだよ……
あ、あ……どうにもならない
流れるたびに大きな切れ目が生まれ
切り裂かれ、分解し……粉々だ
水蒸気にもなり、消えたりするよ
元のままではないのです
白いこの雲……てんやわんやだよ
大きな雲だって、オドオドしてる
みにくい別れなんだよ！　素晴らしい別れなどないのだよ……。空ゆく
雲、穏やかさなどないよ……。灼熱の太陽エネルギーがすごい……上空

で蒸発され消される。二度と上空には現れることがない……それは死なんだよ。風に流され衝突し雨になる。素晴らしい生き方なのかもしれない……

（作品１７５９号）

目を閉じてごらん
遠い日々の思い出が残っている
不思議に隠れているものさ
あなたにも、私にも……風景だよ
それはねぇ……固定したままで動かない
小川の橋、レンゲソウ、赤いハゼの木
甦ってほしいけど甦れない……
元気な時に気づいて探そうよ

目に映らない……あなたの心の風景
自然豊かな田舎の四季がまだまだあるよ
自然が生きているのだよ！　都会では気づかないだろうなぁ……。目に飛び込んでくる風景……故郷の田園風景。あなたの心の宝ものになる風景だよ……造られたものではなく、自然が造ってくれたもの。心の奥で、あなたを癒してくれる自然だよ。忘れようとしても忘れられない、一本の強靭な風景あるだろう

（作品１７６０号）
ふらりと現れてきたんだよ……
迷い込んできて、わがもの顔でいる鳥だ
初めての鳴き声、響くんだ
それも、大きな叫びでわめいてる

ギャア、ギャアと二鳴き三鳴き
小鳥たちを威嚇する鳴き声だ
自分たちの居場所というのだろうか
もう……枯れ枝をくわえてきたよ
それも大きな枝なんだ
大きく羽ばたいて自己主張……激しい
想像以上の鳴き声だったよ！　聞き覚えのない、初めて聞く鳴き声だった。姿かたちと鳴き声は別だなと……。里にはいない鳥……カチガラス。ここまでよく二羽で飛んできたものだ。感心したくなるのだよ……。鳥たちも異変を察知したんだろう……自分の生きる場所、自分で探しているんだ。外からの鳥たちが多くなっているんだ……

（作品1761号）

春夏秋冬いつも同じだよ……変わらない
山の湧き水、美味しいよ
心を和らげてくれるのです
夏にはノドを潤し……冷たい叫びに
冬には一瞬の温もりを感じさせる
自然の含蓄が発生するのだろうなぁ
どの山の水がここに来たの……
いつ降った雨がここまで来たの
岩を破り、ミネラル豊富な水になり
……尽きることがなく流れ下る
眠ってる……無尽蔵に眠ってる、湧き水だ
活き活きと湧きだす水だよ！　絶え間なく湧いてくる、自由な湧き水だ。
どこで、どんなに降った一滴の雨が活き活きとして甦る。雨の沁みわた

る執念……大地の懐の深さを与えるのだろう。自然の生き方に無駄がない……。どこかで何かの役に立てとばかりに湧き出してくる

（作品1762号）

真夏の真っ盛り……それも炎天下
炎のように咲いているのに
興味のある人もいなく……
マジマジと近寄ってくれる人もなく
ポツンと野辺で揺られてる
暑さに負けないと、ヒマワリの花
太陽を見上げてる、ヒマワリの花
この、おおらかな自然の生き方が
一つとして同じものではないと……

たじろがず……空を仰いでる
炎天下に咲いているんだよ！　どんな大地だって生きて、耐えて、花を咲かす。咲いた花の宿命がそこにあります。見てほしいのは……花だけではない、大きな芯であり、根である。元気な根があってこそ、この微笑みを見せられる。空に向かう……この微笑みを大地は知らないの。知らないところに自分を生かす……堂々と声たからかに

（作品1763号）

風が通り、大きな空間がある
自分だけの縄張りを表示した
驚くような大きなネットを張っている
透明で細い糸……どこで作るの
自力、自分の体内で作るしかないよ

よく見てくれよ……大きな穴だろう
破れ破れで、不思議がられるんだ
それも生きるための知恵
自分を惑わし、相手を陥れるためだよ
エサの確保、大事な仕事だよ
だから夕暮れ時に張るのだよ……
自分だけの知恵なんだよ！　びっくりしたよ……大きな、大きな巣になっている。他のものがこの空間を使用しないから使用したのさ。はいつくばって、このネットを張ったよ……自分だけのものだから満足しよう。どのようなエサが取れるだろうか……今晩の試運転。明日の朝が楽しくなってくるんだ

（作品1764号）

大きな栗の木が折れています
秋の大風で生命尽きたのです
虫食いが容赦なく養分を吸いとった
……ボロボロになって生きてきたのだ
表面の幹、何も変わらない
生きる生命線が空洞になり
とうとう耐えきることができなかった
大地に、根がしっかりと浸透している
あとしばらく大丈夫かもしれない……
老木だし……出直しできるだろうか
大きな栗の木だったよ！　人でもそうなんだよ……。老人になれば元気そうでも、何かの病気が潜んでいることが多い。生き物は知らず知らずに弱ってしまう。自然界という世界は不思議だよ。生まれ……成長し……死んでいく。この循環の繰り返しだなぁ……

（作品１７６５号）

日の出を……じっと待ち
拝むようなポーズがすごい
朝のエネルギーを全身で吸い込んで
野生の馬になる……親も子も
先祖からの習わしが生きているんだ
このしぐさ……一瞬で終わるよ
毎日、毎日が新しい旅立ちなんだ
潮風のミネラルを吸い草原に戯れる
どの馬も鋭い目でハツラツとしている
夢、夢ではないよ……千里をかける

野生の馬になる時だよ！　初夏の草原は癒される……野生に還ってのびのびと走れるよ。野生のまま生きられる……こんな幸せなことなどない。この大きな幸せ、どんなに表現したらいい……。流れゆく雲に乗ってゆけるのだろうか……。果てしない海の彼方は遠いんだ

（作品１７６６号）

これしか知らせる手立てがないのだと
ギャーギャーと泣き出している
生きている……私はここで生きている
私が意思表示できるのは……泣き声だけです
私は、今ここに元気でいます
何も見えない……だけど生きている
大きな泣き声だけが私なんだと

自然が与えた、自己主張の生き方だ
朝な夕なに大きな声で泣きなさい……
風に乗って広がっていくのです
小さな叫びが私なんだよ！　いま、赤ちゃんとして生まれた……新しい命の誕生だ。ただ泣くのだけが、私に与えられた能力であり、生きがい。目から見えるもの、耳から聞こえるもの……どんな世界だろう。誕生した一つの心の世界、大切な命の世界だ。私の泣き声……母さんしかわからないのです

（作品1767号）

どちらが先にできたのだろうか……
ほら、ほら南の方角だよ
消えかかってる虹の上に

濃ゆい虹ができているよ……
見たことがない……珍しい現象だろう
消えかかってるのは、遠い所の夕立かなぁ
……それぞれの個性で現れているのさ
自然の一瞬の演出ってうますぎるんだよ
それはねえ……この蒸し暑さが発生させるんだ
だんだんと寄り添い合ってくるんだよ
駆け抜けてみたいなぁ……できるかなぁ
自然の光景の不思議さだよ！　秋半ばというのに夕暮れ時も猛暑なんだ。
息苦しそうに、ツクツクボウシが鳴きだした。夕立だって異変なんだ
……夏に来ず秋に来るんだ。瞬時に降り、瞬時に止むすっきりしない夕立……また来そうな予感だ。夕立も、虹も生きてる時間だ……いつまで
夏のままの存在が続くのだろうか

（作品１７６８号）

そよそよと……そよそよと
わずかな野の風にも敏感だ
咲いたばかりのコスモスの群れ
白、ピンク、赤、紫が無造作に
私たち……深まりだす秋を作りだす
夕日に沈む幽玄な姿……わびしさだよ
これが私たちのできる精一杯の姿なの
感動してほしいのだよ……この自然に
もう一度……癒しに来てほしい
あなたの気分を満喫できればと……
コスモスと風のコラボレーション
騒めきだした冷たさだよ！　晩秋の風、一瞬にして冬の風になるんだ。
気持ちを変えさせる淋しい時間になるんだ。声なき世界を作りだし、耐えられなくなってくる。風も多くのことに気づかせてくれる……。寂しく、もの寂しく散る時が来たんだと……コスモスが揺らぎだす

（作品1769号）

すさまじい勢いで刈っていく
あの刈り取り機……コンバインだ
あの優雅だった、黄金色した稲穂
……「あっ」という間に「悪夢」になる
すぐに広い、広い大地に早変わり
生と死を一瞬に味わうんだなぁ……
実感がわかないままじっと見ているんだよ
今夜、どこで寝ようかなぁ
いつも遊ぶ、土手の草むらで寝よう

秋の夜空のキラキラ星……真剣に見よう
うたかたの棲み家だったよ！　生まれて死すまで転々と移動しているのです。無我夢中でアピールし、真剣に生きなければならない。……生き物たちが共に生き、生きられる。大事な最期を生気がある身で生きてみせたい……願いだ

（作品1770号）
田舎の里にも昼夜を問わず
澄んだ空気も淀んだ空気も変わらない
自由気ままに、所かまわず飛び散って
おびただしいコロナの群れだ
……一方通行の生き方なんだ
受け入れが大変だろう……棲みつくからね

特効薬も治療法も見つからない
はびこっていくだけだよ、コロナのウイルス
お手上げになってしまうんだ
老人は皆……ビクビクの連続
どうしたらいいのだよ！　何を信じたらいいのだろうか……仏さまを信じて生きてきたよ。人の心に仏さまがいない気がする……悲しい社会になりつつあるのです。コロナウイルスが勝つかもしれない……それは純真さがあるからだろう。純真に生きる……生き物すべてがそうなんだろうと思うよ。コロナウイルスと、どう共存するかだろう

（作品1771号）
何も感じなかった……夏
チリン、チリンと澄み渡る音色に

もう、晩秋の風がそよいでいく
セミたちが鳴いて遊んだ庭も
この音色……自然に響きだしてくるんだ
わずかな風にも反応するし
寂しさを鮮明にしてくるし
不思議に心に残ってしまうんだ
この音色の持つ純真さかなぁ……
風鈴に慰められる……風鈴一つ
どこまでも響く音色だよ！　夏の風物詩の音色も忘れられている……。
のどかな情緒がどんどんなくなり、田舎の風景が心に響かない。静かに
見つめる……自分自身の音色が聴けない。癒してくれる生きがい、立ち
止まる勇気が必要なんだ。心のゆとりどこにいってしまったのだろう

（作品1772号）

予想もできない……あめ、あめ、あめ
濁流になって、激しい流れが押し寄せる
無言の脅威だ……なされるがままだ
……頭の中が真っ白になっている
家の中に濁流がやってきた
玄関から物音せずにやってきた
静々と畳の上に来たよ……
テレビも冷蔵庫も家具も浸かりだす
みんなプカプカ、浮かんだままだよ……
ただ呆然に、哀れな部屋だ
手の施しようもなく、足が震えだす
あ、あ……川が氾濫したよ！　本当に、一寸先は闇なんだ。穏やかな川も「あっ」という間に悪魔に変貌する。一度に降る雨の凄さ、一瞬にして見たこともない雨の恐怖の世界。ありのままの雨……ありのままを見せている。雨は自由自在に死んだり、生きたりしていると……

（作品1773号）

堤防が崩壊……信じられない
夢ではない、現実に起きている
緑、みどりだった田も畑も川になり
広い公園も、駐車場も大きなどぶ池に
山肌を削り、木々をなぎ倒し
避難できず、孤立化した集落に
荒れ狂った雨……穏やかさなどどこにもない
容赦しない……これでもか、これでもかと
十年に一度だぞ……目に焼き付けておけと

すさまじい雨、一分の隙も見せない
自然の雨、恐ろしくなったよ！　雨を侮ってはいけないよ……牙をむき
人の力では抑えきれないエネルギーになる。常識が常識ではなくなり、
自然が自然を壊す時だ。この地球を人々が殺してしまう……自然が一番
知っている。人間にお灸をすえたのだろうか……自然からの驚異、今始
まったばかりだ……

(作品1774号)

いつまでも、降り続く雨
止むことを知らない……雨、あめ、雨
泣き叫ぶ木々の声、消し去られ、とどかない
雨音だけが織りなす演奏
刻々と迫りくる大演奏会、それも雨の悪魔

……牙をむきだし、変貌し襲い掛かる
オーケストラは終わりを告げない
無口なままで地響きに連動し
あ、あ……山崩れの大合唱になり
小さな谷へ放出される……濁流だ
どれだけの雨なんだよ！　空から降る雨ってどれだけの量があるのだろう……。大地を叩く、雨の粒が大きい……異常なまでの雨なんだ。海で生まれた粒子、こんなにも暴れる雨に……。雨は生きている、変貌し大きな未来を生むんだ。自然のありのままを実感してほしい……大きな警鐘の連続だ

（作品1775号）

あ……あ、濁流がもたらしたものは

目を覆うばかりだよ……
ドロドロ化した泥水
床の間に見慣れない流木
茶の間の食器が泥に埋もれてる
……哀れなるかな愛した我が家だ
濁流よ……容赦しなかったんだなぁ
こんなにも一寸先が闇なんだとは
ありのままの現実、正夢を生んでいる
夢ではないのだ……幸せが壊れてしまった
言葉にならず……ただただ沈黙
後退はできないのだよ！　生きてる限り前に進まなければ……。生まれた時は裸だよ、死ぬ時もゼロなんだ……そう思えばいい。自分だけの命ではない現実があるのだ。下を向かず、反省を忘れない……青空に呼びかけよう。ひるまず少しずつ精進しなければ……

（作品1776号）

泥水をかぶり……部屋に残っている
若い時のアルバムを見つけたよ……
あなたに強い勇気があったろう
大きく膨らんだ希望と夢があったなぁ
いつの間にか……しぼんじゃっている
実行するしかないんだ……出直しだ
もう一度作ろう……一から新しいものを
……声を出し前に向いていくしかない
新しい一つの夢……あなた自身の心だと
無言の写真が呼び掛けてくる
何かを探し出すのだよ！　自分の生き方を大切に保管していたのだ。遠い所のものではないよ……捨ててしまうところにあるよ。自分で探し求めなければ、無口の自然が言うんだよ。自分のためではないだろう……

共に生きる姿を探しなさいと

（作品1777号）

長い、長い雨の連続だ……今朝も雨だ
どうすることもできない……
雨が風を伴い、風が雨を伴う……暴風雨
悪魔になり大地に襲い来る……降るわ、降るわ
川が氾濫し、山が崩壊
ありのままの自然……その恐ろしさわからない
悪魔が悪夢をいつ連れ去ってくれる
我が家の隅々まで……どろ、泥、どろ
なにを、どう……という言葉も出ない
目まいがし、涙がでそうになってきたよ

頼れるのは自分自身だよ！　ありのままを見るとエネルギーがわかない。ドロドロした泥、重い……どうやって運び出す。この作業をしなければ、家の片づけできないのです。大人の力が必要なんだ……現実をしっかりと見極めることが大切なんだ。生きてる自然と……どう向き合うかだ

（作品1778号）

音もなく降ってくる雨だよ……
わき目も振らずに天から降ってくる
黙々と降るのが自分の仕事だと
豊かだった……田畑も知らない
美味しかった……作物も知らない
生き物すべてが自由だろうと
悪いの、良いの……誰が決めたの

女神の風も誰が作るの
春夏秋冬で生まれたり、死んだりします
偏らないで見てよ、考えてよ
生きていく……すべて一緒なんだろう
生きる悲しさだよ！　自然は無口だから何が起きているかわからない。
生き物は春夏秋冬いつでも変化するんだ。生まれたものは、活動して死んでいく……。役に立たなくなれば自然消滅……哀れなものなんだ。自然は日に日に新しいものが誕生している。天を仰いでも昨日という日は帰っては来ない

（作品1779号）

真夏の雨、雨、雨……
雲が雲でなくなった瞬間

見えない空気の中に落とされる
生から死へ、そして死から生へ
落ち出した……一粒の雨
そこに……蒸発が待っている
わずかな時間、それも一瞬だ
消えてなくなるものもあり
さまざまな姿に変えられていくんだ
細身になって落下するのが速い
灼熱の大地にとどけば……もっと細身だよ
生きてる、ひとつの区切りだよ！　自然は無口だ……何も言わない、教
えない。自然は常に生き死にして動いてる。小さな世界で考えてもわか
らないことばかり……もっと、もっと大きな心で生きなさい。この大地
から春夏秋冬がなくなればどうなる……何が生き残る。知らず知らずに
始まりだした……

（作品1780号）

山に生きる……小鳥の群れよ
黄ばんでる南斜面がよくわかる
大喜びしているよ、ミカンの豊作に
今か、今かと待ちこがれていたんだ
ミカンの甘みが……くちばしに残る
一度食べてごらん……食べたくなるよ
……何とも言えない味がする
日の出から日没まで飛び回って
皆ここを離れられないでいる
ミカンの中に棲んでいるのさ……楽しいよ

満足しているんだよ！　野鳥たちがいち早く美味しい実を試食している。生きる努力を怠らないのが野生の生き物だ。人が美食するほど、生き物も美食している。この鋭い感覚……今も昔も変わらない。鳥たちとのイ

タチゴッコになり……美味しい味を求めてやまないのだよ

（作品1781号）

無言でいる……柿の木よ
カサカサと音を残して落ちる葉よ
名残惜しんで……鳴きだした虫たちよ
自然ってお膳立てをし、演出がうますぎる
心あるものの哀愁をかもしだす
寒さをそそる風が流れだした……
あ、あ……もの侘しい時間だよ
見上げれば、ところどころに赤い実だよ
カラスさんよ……食べておくれと
わずかばかりの夕日に輝いている

早く沈む夕日なのだよ！　知らぬ間にもの侘しい夕暮れの野良の道。目に触れ、耳にとまるものがどんどんと晩秋が進んでいく。冷え冷えとした大地、枯れ果てた大地になっていく。ありのままの自然を見せつけてくる。自然だって移り変わりがあるんだなぁ……弱い自然があるんだ

(作品1782号)

胸にある……小さな花
ペンダントではない、生きてる花
こころが心に躍動し、心がこころに現れて
発する言葉よりも早く飛び出してくる
動く、動くテキパキと動き出す
空気中を遊泳するんだ……
真に向かって絶えず挑戦してくる

その病原体……繁殖力の旺盛なこと
動きがあればあるほど美しい花に
一途な病原体だ……拡大し、潜んでいる
蔓延するコロナウイルスだよ！　止まるところを知らないのです……。　生半可なことでは退治できない……目に見えないコロナウイルス。「あっ」という間に世界中に広がった。棲みよい場所を見つけたんだ……人という動物だ。世界的に広がり感染拡大を続けている……いつ衰えるのだろう。予想不可能なコロナウイルスなんだ……

（作品１７８３号）

森の中にたたずんでごらん
どんどん成長する新しいササの群れ
わずかな時の流れで生き生きとなり

大きく変貌するんだよ……
風が助長し……それも大波小波だよ
真新しいササのざわめき、新鮮だ
静かに奏でてくるよ……優しき癒しに
ささやきだした木の葉が誘導しだしたよ
右往左往して必死にもがきだす
それは……厳しく指導されている時だ
強風や、突風、ほったらかしの森を演出する
迷惑がられるササ竹だよ！　小さなササ竹、どこにでも棲みついてくる
んだ。大地の中で根を張るのが強く早い……。知らぬ間にどんどんと広
がり、厄介なササ竹になっている。生きるには柔軟なササ竹のような精
神が必要なのかもしれない

（作品１７８４号）

乾いた空気が流れだし、強風が吹くよ
必ずやってくる……秋から春に
大火事、山火事が悲惨だよ
多くは……人の不注意からだよ
ちょっとした気のゆるみもあるし
多くなりゆく、一人暮らし……
気がつけば……家は火の海
一度生まれた炎……なかなか消えない
消えかかり、また燃え出すよ
そこにあるものすべてを……灰にする
あわれなる家々なのだよ！　よく遊び、よく学んだ家だよ……。大きな
音を立てて屋根が落ち、我が心の家が灰になる。……灰になったもの蘇
らない。朽ち果ててきている家から未来が見えてこない。哀れなる老人

だけの棲み家だよ……。あると思われた風景がなくなっていくんだ

（作品1785号）

赤い炎が生まれてる……赤い炎が
チョロチョロと風にあおられて
「あっ」という間に広がりが早い……
床をはいずり回り……強い炎に
壁を焦がし見る見るうちに天井だ
赤い悪魔……赤い炎の炎上
無情にも……火の柱になり
古き柱も赤い炎の餌食だよ
とうとう屋根が落ち、古い屋敷が消える
全てを燃やし尽くす、赤い炎……赤い魔物

木阿弥にかえし、大地にかえし
無になるのだよ！　燃え尽きて灰になる……。この宇宙で永遠に続くものは、地球しかないよ。水だって、空気だって地球に連動して生きている。生きるものすべてが生かされているだろう……。息をするもの、すべてに死が待っている。岩や石も風化されて……もう、無に近い状態だろう

（作品１７８６号）

燃える……燃える……赤い炎となり
夜空を赤々と染める、火の悪魔だ
すべてを燃やし尽くすぞと……
天の雲さえ蹴散らしていく
泣きたくても泣けない……宇宙の星々

みず、水、みずがない……海の島
衰えることを知らないままに
海の底から怒涛の悲鳴のごとく
湧き出し、湧き出し……連動するんだよ
赤い悪魔、重なり合うんだよ……悪夢の再来だ
あ……ああ、小さな海の上の悲劇
一瞬に燃え尽きるんだよ！　この島に生きる人々の大きな心の支えだった。救えない……存在そのものが燃え尽きた。この風土、この気持ち、この勇気、この生きがい……島の一つの象徴だった。自然を甘く見ていたのだろうか……考えさせられる。この島に寄り添い……この島と共に生存するということを

（作品1787号）

私たち風にも折れない……
私たち寒さにも負けない……
しっかりした細い芯がふてぶてしいのです
まだ、まだ陽気な春がやってこない
大地がうながすの……早く咲きなさいと
黄色の花で咲くところがあるし
白色の花で咲くところもあるの
面白く見せてくれる……タンポポの群れ
不思議に思うだろうなぁ……
気づかないうちに、終わりなんだ
白い綿をまき散らし……細い芯が折れている
気づかない芽生えだよ！　一つ咲き、また一つ咲き枯れ草の中で耐えているのです。早春の夢を自分自身で作り、決して滅することはしない。自分たちの生きざまを残しているのです。受け身ではなく、季節の先取りをする……。わずかな時間しか生きられない……。自然の中で自由に遊ぶ楽しさが旬だと……

（作品1788号）

火山灰というのはやっかいだよ
風向きによって四方八方に飛び……
昨日は南へ、今日は北へ
自然任せの生き物になるんだ
家が閉ざされても「こんにちは」と
ちょっとした隙間から入り込んでくる
床に這いつくばり、畳から動かない
汗ばんだ体に巻き付いてくるし

トゲがあり……目がいたくなる
憐れになってくるんだ……山の爆発
山が爆発したんだよ！　細かい粒子の火山灰、空から舞い降りる。雨が降っても流れない……道端に団子状態だ。風吹けば、風に乗り四方八方に砂ぼこり。予期できぬ噴火……一度止んでも、また噴火する。この自然とどう付き合えばいい

（作品1789号）

純真さって何だろうなぁ……
大人になればなるほど遠ざかり
子どもの頃の純真さ、どこだろうなぁ
夢が……欲望にチェンジし、欲望のとりこに
有るものを有るといいえない

無いものを無いとしない
大きな心も、小さな心も健康だったよ……
それも体験し、経験し、それが生き続けてる
探さなくなってしまっているんだろうなぁ
途方もなく広かった純真さ……
霧のように消え去っている……
言いたそうで鳴いているんだよ！　カラスの鳴き声、共鳴されることなく、自分の鳴き声なんだ。目の前にあるものだけを追い求め、鳴いている。生きていれば、欲望だってあるさ……どう払拭し、どう共存するかだろう。何かを得たければ、何かを捨てなければ……純真さ忘れているのだなあ

（作品1790）

ざわめきだした……緑なす木々たち
鳥たち、一斉に木々の中に飛び込んだ
青い空からポツリポツリと雨だ
天が……午後に演出したんだ
稲光が一つ、二つと山から光ってる
来たよ……ゴロゴロ、ゴロゴロと鳴り出した
スキを与えぬ、一瞬に轟く雷の一撃
合図を待ってましたと、大粒の雨
もう、止まらない……どしゃ降りになった
風も熱風を巻き起こしたよ
猛暑の中の夕立だよ！　生き物の吐く息さえ暑さを感じる。夏の自然美さえも哀れなる……水が枯れてくるんだ。自然の川が川でなくなる……。
真夏こそ、自然の中で自然の癒しが欲しくなるんだ……そこに自然の価

値があるだろうに。未来の夏、どう変化するのだろう

（作品1791号）

コロナウイルス……どこで生まれたのだろう
海の中でか、大地の中でか、空気の中でか
温暖化と関係あるの……わからない
目に見えないコロナウイルスが漂っている
一年以上もそのままではないよ……
コロナ同士の攻め合いだ
生き残る……それは変化しなければ
少しずつ、少しずつ進化しているのさ
生き延びる知恵を持っているのさ
排除される……小さなマスクだよ

変異を続けるコロナウイルスだよ！　いつ生まれ、いつ死んだのだろう。
元のコロナウイルス、今どこにいるのだろう。変異のコロナウイルス
……やすやすとは死なない、勢いを増してくる。大きな目で見なければ
ダメなんだろう。自分を殺し他人を愛さなければ……他人あっての自分
だろう

（作品1792号）

不思議だよ……真っ暗い朝の世界に
いつ生まれてきたのだろう……
生まれたばかりの赤い光だ
それも線香花火のような輝きで
だんだんと大きくなってくる
まだまだ早い、起きる前の準備だと

寝静まっている……生き物たち
元気で目を覚ましてくれよと
遠い果てから地球へのご挨拶……
風も知らない、雲さえ知らない……
もう……消えてしまったよ！　わずかな時間で終わったよ……。知らぬ間に静かに訪れるんだ。自然さえも気づかない、一日の始まりになるんだ。顔を出す前の助走なんだろう……。心に刻んで、心でわかる……一瞬の遭遇なんだ、生きてる瞬間なんだ……

（作品1793号）

何とも言えない……私たちの輝きだ
それも、初冬の夕暮れ時に
別れを惜しんでくれる、風と太陽

それはね、緑なす葉が枯れゆく時なの
赤みを帯びて……とうとう死ぬのです
春先から晩秋遅くまで揺られ揺られ
灼熱地獄に耐えて生きてきたのです
すごいでしょう……そのご褒美
静かにねぎらってくれているのです
幻想的な時を……作りなさいと
鋭い葉っぱだよ！　目まぐるしく変化する自然環境だ……故郷の四季も
変わった。夏が猛暑になり、冬の寒さも薄らいだ……春も、秋も短い
なぁ。四季、それは生き物が作るものだろう。風にも雨にも柔軟に対応
する……雑草。どんなところでも生きていけるのだよ

（作品1794号）

ぽつりぽつりと小さな雨が……
晴れそうだった空なのに
冷たい雨が降ってきた
雪が降ってもいいのになぁ……冬至だよ
雪でなくて雨なんだよと叫んでる
チラチラと舞い落ちてくる……雪を
子どもらは見たいのです
元気に走り回って雪を追いかけたい……
自然の雪……出会うことがないのです
暖かなこの冬になってくるのだろうか
素朴なんだよ！　子どもらは雨にも雪にも負けない……純真、素朴なんだ。冬至……沈黙の長い冬の入り口なんだ。ゆき、雪、雪……空から降ってくる雪を手にしてみれるし、身近なところで遊んで体験できる。

都会では味わうことのない素朴な風景が田舎にはあるんだよ。……いろんな生命力を見つけてほしいなぁ

(作品1795号)

……神々しい一番星が現れた
だんだんと、冬のイメージになっていく
創り出すのは……自然なんだ
沈みゆく夕陽……輝きをなくし
空ゆく雲も黒々と激しく流れゆく
風が、風が木々を揺すり……音を響かす
生まれたばかりの寒さ……急ぎ出す
わずかな時間、何をしたらいいのだろう
浮かばない、浮かばない、浮かばない冬の世界に

だんだんと、勢いを増す冬将軍到来
どんな表情の冬なんだよ！　四季それぞれに自然の表情を作りだす。今、見る満月……身震いするほど心をえぐる。無言で鋭く刺してくる……。自分の生き方と自然の流れで煌々と照らしてる。あ、あ……何もできない自分、自分に何ができよう。一つのもの貫けるだろうかと……

（作品1796号）

棲みついてしまったんだよ
ニンマリ……笑ってるだろう
やっと行動できる棲み家を得たと……
この悦び耐えられないだろう
ここで生きるのも……限られた時間だ
どう戦う……相手の体力だ

負けることが多いのだよ
命を取ることも……多くなった
よく見渡してごらん……無防備だよ
傲慢すぎる老若男女が連なってる
生きる命……生き物すべてにあるんだよ
時を楽しむんだよ！　生き物への配慮……生き物すべてにあるんだ。こ
のコロナウイルス、どこまで感染を広げるのだろう。人の温かい肺を好
み、棲みついたら離れない……自由自在に出入りしている。あ、あ……
哀れなる、人という生き物。澄みわたる空気、目に見えない空気……ど
こまでも自由なんだ

（作品1797号）

空ゆく雲、穏やかさなどない

一瞬にして……自由自在に変わってしまう
悠長な考えなど、どこにもないのだよ
あ、あ、衝突……亀裂が生じ、分解だ
果てしない……生き方、あとわずか
僕はどんな雲で生まれてきたの
私はどんな色していたのだろう
同じ時に生まれ、同じではないのです
大きな雲さん……どんな夢があるの
小さな雲さん……自由で楽しい
青空に吸い込まれ、泣きだし消え去った
風が吹いてきたよ！　雲の流れが早く、矢継ぎ早にやってくる。上空の風、無風のようで無風ではないのです。どこまでも澄み渡り、何も見えない……ありのままの姿なのだ。見極めをしよう、自分たちだけの心の風なんだ。無色、無臭で気を緩めてはならないなぁ……

（作品1798号）

冷たい……冬の雨が降り出した
この雨どのように変化するだろう……
じっと見てみようかなぁ……
大きな粒になってきたよ
どしゃ降りの予感だよ
あ、あ……この時期、雪が降るんだよ
この冬も雪が降ってくれないのだよ
どこかに隠れようにも、隠れる所がない
あの木もこの木も丸裸になって
一時しのぎの木々が見つからない
もう……竹藪に飛び込むしかないんだ
冷たい雨だよ！　冬の雨、冷たさだけが心に響く。木々たちは冬の眠りについている。生き物の心が閉ざされて、四季の変化で激しいのは冬な

んだ。冬なのに霜も降りず、雪も降らない……冬眠する生き物探しが大変なんだろうなぁ。不思議な生き物になるかもしれない

（作品1799号）

幼い仲間と遊んだ小川だよ
暖かくなれば、いち早く川遊びだ
関を作って川の流れを変え……
小魚を引き寄せるためだよ
小魚君……頭がいいんだよ
なかなかあつまらない……近寄らない
異変を感じたのだろうなぁ……
遠くで仲間と泳いでいるのだよ
追っかけて……ズボンも水だらけだよ

泥まみれ、楽しかったなぁ……
よく遊んだ小川だよ！　夢が膨らんではつぼみ、消えては生まれたんだ
ろうなぁ……。今見れば、雑草ばかりの川原、川の水もわずかだよ。い
ろんな場所で「遊び」、「楽しみ」そこから考える時期があったんだ。ケ
ンカする仲間との中に生き生きとした真剣な眼差しがあったんだ……大
事な、大事な時間だったんだ

（作品１８００号）

雨よ降れ、雨よ降れと「雨ごい」したよ
真夏の盛りだ……お宮の境内で
若者衆が集まって……
大きな太鼓を打ち鳴らすのだ
どうしても雨を降らせなければと

勇ましい男らが二人叩くよ……
植えた稲が干あがってしまう……
水が必要なんだ……水が足らないのだ
頼るのは……天からの雨なんだ
水が稲には必要なんだと……
老人も、子供も一緒になって叩くのだ
どう……生きたらいいのだよ！　後ろに振り返っても仕方がない……自
然の変化、一秒だって返らない。どう自然が変化しても、それは経験し
たことのない明日へ突入しているのだ。生き物は自力では変化できない
……太陽は灼熱し何も言わず、じっと見ているだけなんだ

あとがき

想像する……何を想像する
ほら、子供のころの無邪気さだよ
見えるものもあれば……見えないものだって
遠くなり消えさっているんだよ

空気だって……日々流れているんだよ
四季折々のおいしい空気だよ
冷たかったり、暖かかったり……
無表情だからわからないままなんだ
だけど……一瞬、一瞬、自分の表情を見せるよ
希望を与える風になり、悲惨な風にもなるんだ

あ、あ……見えない、宙を飛び交う
おぅい、お前どこから来たの
南の暑いところからやってきたんだ……
あなたはどこから……
私は西のほうから……
北も、東も……来るだろう
私たち宙を飛び交う兄弟姉妹
同じ母さんの大地から生まれたの……
どうして違うのだろう……母さんに聞いてみよう
母さんどこだろう
あの大地から母さん出てきていないのだ
故郷を離れたくないのだろうか……
兄弟姉妹……皆同じではないよ
ほら、ほら、生きていく所が違うだろう
生き続けるために大きな変化が必要なんだ

明日……どんな風に乗って飛ぶの

本書の出版にあたり惜しみない援助を与えてくれた東京図書出版の諏訪編集室の皆さんに心から感謝いたします。

金田　一美（かねだ　かずみ）

1947（昭和22）年　熊本県生まれ
1965年　熊本工業高校卒業
1968年　郵便局入社
2005年　郵便局退社
安岡正篤先生の本を愛読し、傾注する

著書
『若者への素描』（全４集/東京図書出版）
『四季からの素描』（全５集/東京図書出版）
『いにしえからの素描 第１集』（東京図書出版）
『いにしえからの素描 第２集』（東京図書出版）
『いにしえからの素描 第３集』（東京図書出版）
『いにしえからの素描 第４集 震度７』（東京図書出版）
『いにしえからの素描 第５集』（東京図書出版）
『いにしえからの素描 第６集』（東京図書出版）
『いにしえからの素描 第７集』（東京図書出版）

TTS新書

いにしえからの素描
第8集

2021年12月28日　初版第1刷発行

著　　者　金田一美
発 行 者　中田典昭
発 行 所　東京図書出版
発行発売　株式会社 リフレ出版
〒113-0021　東京都文京区本駒込 3-10-4
電話 (03)3823-9171　FAX 0120-41-8080
印　　刷　株式会社 ブレイン

ISBN978-4-86641-488-1 C0292
Printed in Japan 2021